AF283749

LA VOZ SOMBRA

SERIE MENOR, 18

Ryoko Sekiguchi
LA VOZ SOMBRA

TRADUCCIÓN DE REGINA LÓPEZ MUÑOZ

EDITORIAL PERIFÉRICA

PRIMERA EDICIÓN: septiembre de 2024
TÍTULO ORIGINAL: *La Voix sombre*

ISBN: 978-84-10171-21-3
DEPÓSITO LEGAL: CC-124-2024
IMPRESIÓN: Kadmos
IMPRESO EN ESPAÑA – PRINTED IN SPAIN

El mundo se ensombrece.

O quizá no sea el mundo lo que se ensombrece, sino yo la que se ha sustraído del mundo tal como era, más liviano y luminoso.

Esto es una historia personal no en la medida en que me atañe a mí, la persona que escribe esta frase, sino en la medida en que atañe a una persona que existió en el mundo concreto.

Atañe a una voz.

Porque la voz siempre es concreta.

El mensaje de este libro, o más bien la moraleja que se extrae de su lectura, es únicamente éste: graba la voz de tus seres queridos.

Es habitual que en la literatura se den consejos que sirven para la vida cotidiana. Estoy segura de que el mío, el único que he dado jamás en un libro, te será útil algún día.

Aunque esa voz, al estar grabada, pueda alterar tu sentido del tiempo para siempre.

Ésta es la historia de la voz de quienes se han ido. Para empezar, la historia de una voz querida que nunca quedó grabada. El cuerpo se ha marchado llevándose consigo la voz; ya sólo queda la voz mental, imposible de hacer que *aparezca* en este mundo.

Y es también la historia de otra voz, grabada durante centenares de horas y retransmitida a través de la radio pública. Una voz compartida. Que cualquiera puede escuchar, días enteros, ininterrumpidamente.

Y, de forma indirecta, es también la historia de los cuerpos que albergaron esas voces y que han desaparecido. Que se han sustraído del mundo. O puede que sea la historia que me ha sustraído del mundo que era también el de ellos.

Por lo tanto, si te aconsejo que grabes la voz de tus seres queridos es, por desgracia, en previsión de su marcha, cuya hora no puede saberse de antemano. Porque, irónicamente, el cuerpo es mucho más frágil que la voz registrada.

A no ser que nos resignemos a la completa destrucción de todas las huellas de una persona, algo que ha de suceder tarde o temprano.

La voz altera la temporalidad.

La voz altera la temporalidad porque está condenada a quedarse en el presente para siempre. La voz real, por supuesto, pero también la voz grabada, que, cada vez que surge, se manifiesta inevitablemente en presente. No podría ser de otro modo.

Nosotros, quienes vivimos en el presente, no podemos reiterar el presente que ya no existe, al contrario que la voz grabada. O, mejor dicho, no podemos poseer ese presente que a cada instante se nos hurta.

Escuchamos entonces esa voz que vive en otra temporalidad. Dos temporalidades se cruzan en un mismo mundo, y también nosotros sufrimos una alteración.

Esa voz, ¿es la huella de una persona, la prueba de su existencia, traída al presente para siempre?

Sí, como todas las huellas de una persona.

Naturalmente, la voz no es la persona, pues ésta nunca más volverá.

Pero la voz tampoco es una parte de la persona, de la que reunir unas migajas de presente.

Es la encarnación del *presente* de la persona.

No es la persona como tal: es el presente de esa persona, el *presente* de la persona que alguna vez estuvo presente, y que permanece en forma de voz.

¿Por qué siempre hay que apreciar la presencia y aborrecer la ausencia?

¿Por qué es siempre tan dolorosa la ausencia? ¿Por qué es incapaz de proporcionar alegría, como si ese carácter inequívoco estuviera inscrito en ella en todo momento, cuando otros estados nos suscitan sentimientos tan diversos?

¿O será que lo contrario de la presencia no es la ausencia, sino la desaparición? ¿Será porque la presencia prevalece mientras dura la vida, en tanto que tras la muerte de un ser no es la ausencia, estado estático, lo que nos embarga, sino la desaparición, permanentemente renovada? ¿Será

13

eso lo que nos desgarra y agrede, no un estado, sino una acción que se repite hasta el infinito?

Sin duda, la ausencia posee estrechos vínculos con la presencia por ser un estado, entre tantos otros, transitorio y excepcional (o así debería ser), de la presencia.

Después de la muerte de una persona, cada vez que pensamos en ella, e incluso cuando no lo hacemos, la desaparición se nos manifiesta a su antojo y nos hace revivir la pérdida: a cada instante, la espada de la acción *desaparecer* cae y cercena.

Pero, para que algo desaparezca, te preguntarás, ¿tiene que haber existido antes? Cada vez que actúa, la desaparición debe hacerlo sobre una instancia de la presencia, sin la cual no habría desaparición.

Aunque la persona ya no esté, y la presencia ya no sea posible.

Sin embargo, justo en ese preciso instante interviene la ausencia, que nos sume en una suerte de estado primigenio, y, a partir de ahí, nos precipitamos hacia ese abismo, más profundo aún, que es la desaparición.

A medida que pasamos el duelo, los embates de la desaparición son cada vez menos violentos. Pero la ausencia permanece y se queda para siempre. La ausencia no desaparecerá.

Con frecuencia, a los exiliados se les niega asistir a la muerte de un ser querido en su país de origen. Con demasiada frecuencia. En esas circunstancias, la muerte viene acompañada de la voz que la anuncia a través de la línea telefónica.

La voz en presente que emite la línea telefónica te anuncia la desaparición de otra voz.

Esa voz que te arrebatan repentinamente, que no volverás a oír.

Una voz que te advierte de que no volverás a oír esa voz.

Cuando la desaparición de una voz se anuncia mediante otra voz, quien se encuentra al otro lado de la línea, el exiliado, no ve el cuerpo que se ha llevado consigo esa voz. La muerte no deja de ser abstracta, como la de un desaparecido. Aquel que para todos los demás ha muerto seguirá siendo para el exiliado un desaparecido. Le han arrebatado la voz de la persona viva; le han quitado la noción misma de la muerte. La suerte del exiliado, o de quien no puede ver a un ser querido que desaparece, es pasar por esta doble privación.

No habría podido llegar a tiempo para despedirme de mi abuelo, y lo sabía. Llamé a mi madre al móvil y ella le puso el teléfono en la oreja; al parecer, mi abuelo estaba llorando. ¿Le llegó al menos mi voz en presente? ¿En el presente del instante de su partida, en el que pronto, para él y para todos nosotros, todo sería pasado?

Cuando un ser querido del exiliado muere lejos, éste tiene derecho a imaginar que todo el mundo miente. Que él no está sufriendo esa privación de la muerte ni, por tanto, tampoco la del duelo, sino que la noticia al otro lado del teléfono es errónea. Puede seguir alimentando la esperanza sin razón, esperando a que le llegue esa voz que finalmente no volverá. En ese caso, la desaparición, aunque ya fuera efectiva en el otro extremo de la línea, se retrasa hasta el infinito, para siempre en lo sucesivo.

Lo contrario también puede ocurrir. Cuenta Atiq Rahimi que transcurrieron varios años hasta que le informaron de la muerte de su hermano, pues él vivía exiliado en Francia y su familia, con ánimo de protegerlo, no se la había anunciado.

Escribe Diderot que los amigos a quienes sólo vemos de tarde en tarde, los que viven lejos, siguen vivos para nosotros hasta que nos enteramos de que han muerto. En ese momento, incluso en ausencia de cualquier otro cambio, los incorporaremos a la categoría de los muertos.

Una simple frase es suficiente para que una persona muera para otros.

A no ser que la frase no baste y la creamos aún con vida.

El cuerpo muerto vale como prueba absoluta de la irreversibilidad, del paso de la vida al otro lado. Pero, si no vemos el cuerpo, nada puede demostrar la muerte de una persona. Lápidas, fotos de un entierro: nada de todo esto es teóricamente irrefutable.

Sólo que el tiempo que pasamos esperando a esa persona, el tiempo que dura esa no aparición, se vuelve insostenible y provoca que lleguemos a dar crédito a la *historia* que nos han contado.

Pero, entonces, ¿los mensajes de voz en el contestador también seguirán siendo los de un vivo hasta que descubramos que la persona ha muerto, hasta que lo aceptemos?

Si oímos la voz de un difunto retransmitida por la radio sin saber que el cuerpo que lo alojaba se ha ido, ¿seguirá esa persona siendo la misma que era en este mundo con nosotros, una vez pasada a la ausencia?

En nuestros días, las huellas de una persona se conservan principalmente en soportes visuales. Aunque la voz forma parte de los vídeos, rara vez se nos ocurre conservarla por sí sola, separada de las imágenes.

De un tiempo a esta parte, morir implica que el cuerpo se reduce a lo que pertenece al orden de lo virtual. Antes de la invención de la fotografía y de las grabaciones de sonido, cuando el cuerpo desaparecía, a los vivos les quedaban unos pocos objetos que lo habían acompañado y el olor del difunto impregnado en su ropa.

Y la letra, la huella de los gestos de esa persona, si es que sabía escribir.

Y los retratos pintados, para quienes podían permitírselos.

Y los cabellos.

Antiguamente, era el olor lo que transmitía la huella de una persona. Hoy, poca gente se acuerda de conservar el olor como recuerdo de un momento.

¿Frascos de olores de tal día, de tal viaje, a modo de *fotos recuerdo*?

El olor de la casa en un momento determinado del día, que tan bien evoca el ambiente y todo lo que compone un paisaje sentimental, ¿se puede conservar?

¿Y el olor de quienes se han ido? ¿Quién lo conserva?

En definitiva, en nuestras sociedades nos preocupamos poco por preservar las huellas directas del cuerpo: el olor, los cabellos o la letra. Lo mismo sucede con los objetos fabricados, tejidos, bordados, moldeados por la persona. Y más aún la piel, el cuerpo en sí, momificado. Queda lo que carece de cuerpo: la fotografía y el vídeo.

Hubo un tiempo en que la gente intercambiaba mechones de pelo en señal de amistad. Conservar una parte del cuerpo de un amigo era lo más normal del mundo, una práctica que perduró hasta el siglo XX. Hoy en día, sin embargo, nos hemos retirado del territorio del cuerpo para acceder a una zona sin olor ni tacto. Porque los cabellos invitan al tacto.

La voz es la única parte del cuerpo que no puede enterrarse. Se pueden enterrar las cuerdas vocales; la voz, las ondas registradas, no.

Las fotos son huellas, pero la voz es una extensión del cuerpo.

De la piel y el cabello se puede afirmar que están más próximos al cuerpo, que son más concretos; se puede afirmar que son el propio cuerpo. No obstante, hablan menos de la persona que del cuerpo. La voz, por su parte, es capaz de hablar de los dos.

¿Y la mirada? ¿Y el olor?

Sucede que, mucho después de que alguien haya muerto, nos impacta su mirada captada en una fotografía. Es el *presente* que surge durante un instante. Pero esa mirada enseguida queda corregida en la imagen por el cuerpo donde se aloja, un cuerpo determinado en el tiempo. Excepción hecha de esas miradas que aún nos sorprenden por su vivacidad, las fotografías están sometidas, igual que las personas que aparecen en ellas, a nuestra temporalidad. En cuanto al olor, por lo general lleva aparejado un conjunto de elementos; no es la huella de la persona exclusivamente. El olor de una prenda combinado con partículas de detergente o de perfume. También éste, cuando surge, evoca el *presente*, pero es demasiado efímero. Además, no sabemos conservar un olor durante mucho tiempo, a menos que recurramos a los medios específicos de una osmoteca, por ejemplo. Como los pétalos de flores hallados en un sarcófago en una excavación arqueológica: aun cuando el olor se conserva, es prácticamente inaccesible sin menoscabo; amenaza con desvanecerse cada vez que lo aspiramos.

La voz, en cambio, permanece intacta.

¿Por qué empeñarse a toda costa en distinguir la voz de la mirada? Lo más característico de la voz es que toca directamente los tímpanos; es un hecho. La mirada, sin embargo, no *toca*, por más intenso que sea el impacto; esto es tan cierto para los vivos como para los muertos.

Al margen de la piel, a través de la cual podemos tocar la de otro, sólo la voz, emitida en forma de ondas, es capaz de tocar directamente nuestros tímpanos, de dar calor a nuestros oídos.

Dos territorios en los que el tacto puede existir.

Su naturaleza permanece inalterable, incluso después de la muerte. Como si fueran la última parte de una persona que ya no está, nos aferramos a los únicos órganos aún capaces de *tocar*.

Jean-Luc Nancy me dice: «De mis amigos escritores o filósofos recuerdo no sus libros, sino el timbre de su voz, el menor de sus gestos, pues lo que se plasma en el libro es el trabajo de la persona, no la persona en sí».

Los textos pasan. Los escritos, que se cuentan entre las obras más abstractas que produce el ser humano, son capaces de perdurar a lo largo de distintas épocas, de sobrevivir a la muerte de su autor, sin que los vivos los alteren. Todavía pueden leerse y apreciarse. En los escritos más íntimos, como las cartas manuscritas, el cuerpo de quienes ya no están se manifiesta con mayor firmeza. Esto explica la perversa atracción que suscitan las correspondencias entre escritores en quienes tratan de hallar su *voz*. Sin embargo, ésta no tiene nada que ver con la voz real.

Las voces reales tienen motivos de sobra para temer a los vivos que pretenden desembarazarse de los muertos. La voz nos persigue. La voz nos desestabiliza. Quienquiera que tema este pasaje y aspire a delimitar con claridad los dos mundos procurará ante todo desterrar las voces grabadas, al contrario de quienes las buscan desesperadamente.

Las voces de la radio, una vez grabadas, continúan *presentes*. Quizá más aún que las voces grabadas en el ámbito privado, pues las voces de la radio van dirigidas a un público. A desconocidos. En la medida en que la voz no tiene un destinatario específico, puede permanecer indeterminada con respecto a su interlocutor, a la persona concreta que la escucha, quien, por su parte, está determinada en el tiempo.

(Y, desde luego, dado que todo diálogo requiere un interlocutor, ni siquiera ese público *indeterminado* sería capaz de eludir la acción del tiempo, como ocurre con todo. Pero, al menos en principio, esas voces se dirigen a todo el mundo.)

Finalmente, liberada del cuerpo, la naturaleza de esa voz adquiere un excedente de *presente*. Cercana a la respiración, la voz puede ser a un tiempo concreta y etérea; no diría *abstracta*, pues no lo es.

La radio o el teléfono no solamente alteran la temporalidad, sino que burlan la distancia o, más bien, no conocen la distancia.

Escucho a todas horas la radio italiana, la japonesa y la francesa, como cuando estaba en Japón o en Italia. Pero se trata de un falso olvido.

El miedo a *desgastar*.

En las historias de difuntos se plantea siempre la cuestión del desgaste. Se *desgasta* la voz al escucharla con demasiada frecuencia, se *desgasta* la efímera aparición de la persona en una fotografía al contemplarla todos los días. Se *desgasta* la tristeza, se *desgasta* la desaparición, y ésta, desgastada, acaba desapareciendo también. El desgaste es la única manera de posponer la *desaparición*. Permanece el mundo, sin desaparición, pero también sin aparición. Un mundo lúgubre, reino de la ausencia.

Las personas tienen miedo de *desgastar*. Tienen miedo de *desgastar* su tristeza, cuando se trata de un ser querido. Mejor sentirse asediado por el dolor y la *desaparición* que rendirse al mundo del olvido y la ausencia generalizada. Un amigo conserva una cinta que contiene una grabación de la voz de su difunto padre, pero la escucha muy poco, por temor a *desgastarla*. Otros conservan las recetas de cocina que en el pasado elaboraban sus abuelas, pero raras veces las reproducen, por miedo a que esos platos, excepcionales en su recuerdo, se rebajen a la categoría de los platos ordinarios. O a que el resultado fracase en recrear el sabor de antaño. Así pues, no es del saber hacer de lo que se trata, sino del tiempo transcurrido desde la muerte de la cocinera, tiempo que, al obrar, ha modificado el gusto de los vivos, *desgastados* a su vez.

Como si fuésemos la pequeña cerillera del cuento, deseamos con todas nuestras fuerzas provocar la aparición de quienes nos han dejado; a tal efecto, todos los soportes son válidos. Sin embargo, cada vez que recurrimos a ellos disminuye el número de fósforos de la caja. Y al final ya no queda imagen alguna.

Por un lado, me gustaría que esa presencia de la voz, esa *aparición*, existiera para siempre. Por otro, quisiera *desgastar* del todo dicha aparición para comprender que con el tiempo se ha vuelto abstracta.

¿Abstracta? No. La voz, como acabo de escribir, siempre es concreta. Es la fuente de la voz lo que se sustrae del mundo, igual que yo me sustraigo del mundo en el que esa voz existía plenamente.

Escuchamos esa voz siempre *presente*, que es la presencia misma. El impacto inicial es menos intenso, cierto, pero, en cuanto pasa la sensación de *desgaste*, en apenas unos segundos, el presente regresa, indeleble.

Es extraño decir del presente que *regresa*, como si se hallara en alguna parte, en un lugar que no es el presente. O puede que lo veamos como una aparición del presente, que, en realidad, existiría siempre.

Saboreamos el grano de la voz como un pájaro picotea sus granos, con parsimonia, o como cuando nos lamemos la miel de los dedos.

El grano de la voz equivale al lunar, a las arrugas, a las manchas, a los músculos y al cuerpo. El tono de la piel; las articulaciones, que se despliegan; las pestañas, que se estremecen; los cabellos que tocamos; el movimiento de los labios que articulan esa voz.

El grano de la voz es el cuerpo mismo de la voz. Los miembros de la voz. Es lo que hace que su descripción sea tan difícil, por no decir incluso imposible.

El cuerpo, en cambio, sí se deja describir. Lo visual se acomoda más a la descripción que la música o la voz, que rozan lo indescriptible a pesar de que son las más reconocibles.

Nosotros también seremos algún día una voz así, audible aunque separada de su aparato, que es el cuerpo.

El recuerdo de la persona genera una resaca, regresa a trompicones. Como si tratara de retenerla. Como para obligarnos a compartir ese recuerdo y, al hacerlo, obligarlo a que se quede a nuestra vera.

Hay algo devastador en la marcha definitiva de una persona, algo que nos deja *devastados*. No es producto de nuestra imaginación; esa marcha despeja dentro de nosotros un territorio, un espacio inmenso hecho de ruina y desolación.

Sería preciso abandonar ese espacio para acudir al sitio donde se encuentra la persona, pero ésta ya no ocupa ningún lugar, y las únicas huellas que nos quedan son objetos, fotografías, o su voz, siempre en presente, en un presente que ya sólo puede ser el de ese mundo devastado.

La palabra *inolvidable*. Mientras exista la voz, no podemos olvidarla, porque corresponde a esa presencia.

Es inolvidable.

Se aparece ante nosotros.

Lo inolvidable no existe en la medida en que, aplicado a la voz, el propio verbo *olvidar* no tiene cabida.

Esto vale igualmente para las voces no registradas. Éstas ya no están en el presente, tan frágil, pero no las olvidamos. Dado que el verbo *olvidar* no es capaz de convivir con la voz, no podemos siquiera decir que no la olvidamos. Está ahí, y punto.

No solamente se desgasta la desaparición. El desgaste se aplica a todas las vivencias. Nuestra estancia en cierto país o el plato que degustamos por primera vez pierden frescura y poderío a medida que la experiencia se reitera, a medida que los estratos del ayer se engrosan con respecto a lo que vivimos en el presente. Nuestra vida entera se constituye de ello, de nuestro ser sepultado por su propio pasado, que es el motivo de que nos dé miedo *desgastarlo*. En un mundo en el que todo corre a toda mecha en dirección al pasado, puede que nuestra voz sea lo único capaz de permanecer milagrosamente en el lugar singular en el que se encuentra.

Cuando escuchamos la radio, nos hallamos en la intimidad.

Estamos más cerca de la conversación telefónica que cuando vemos la televisión.

La radio se dirige a un público indefinido, pero la voz llega a cada oyente de manera individual.

No es casualidad que los presentadores de algunos programas de radio conversen con sus oyentes por teléfono. Siempre ha sido así. Un engranaje de transmisión de ondas vocales. El presentador se dirige individualmente a los oyentes, aunque al mismo tiempo sus voces se retransmiten en público.

La frontera entre los usos del teléfono y los de la radio siempre ha sido difusa, desde la creación de este medio de comunicación. Mientras que el teléfono ocupa la esfera privada, la radio se mueve siempre en los límites de esos dos espacios, el de lo íntimo y el de lo público.

Estamos *al alcance de la voz*.

En ocasiones conocemos a las personas que se encuentran en el estudio. En esos casos, los territorios de lo privado y lo público se emborronan aún más.

Un día me sorprendió una voz emitida por la radio; me sonaba muy íntima al oído, reconocía aquel grano de voz, pero durante un buen rato fui incapaz de identificarla.

En realidad se trataba de la voz de Roger Chartier, de quien yo había transcrito una conferencia en un contexto laboral. Solamente lo había visto en persona en una ocasión, pero, mientras transcribía sus palabras, su voz había pasado a través de mis oídos y a través de mis dedos, y eso era lo que la hacía tan íntima.

Una noche una amiga me invitó, junto con otra gente a la que no conocía, a cenar a su casa. Acabé sentada al lado de un joven al que nunca había visto y cuya voz, sin embargo, me sonaba. Era como volver a oír la voz de un amigo cercano, con esa extraña sensación de familiaridad con un desconocido. Me intrigaba, casi me incomodaba, la doble conexión, incompatible, que me inspiraba su voz. Hablando con él descubrí que era productor de un programa de radio. Como yo solía tener la radio encendida en casa, me resultaban familiares los programas de ciertas franjas horarias, aunque no los escuchara con atención. Nunca habría pensado que una voz que escuchaba distraídamente pudiera invadir mi intimidad hasta tal extremo.

Cuando se vive de la literatura, no es raro dar por casualidad con un programa en el que participa algún conocido, o viceversa, conocer a una persona cuya voz se ha escuchado previamente por la radio. Un encuentro en dos tiempos, en diferido.

Imaginar enamorarse de una voz radiofónica.

O enamorarse de una persona que deja escapar su voz a través de un transistor.

La intimidad del teléfono, de los buzones de voz.

Hubo un tiempo en el que conservaba algunos mensajes de mi abuelo, que me llamaba desde Tokio, en el contestador de mi teléfono fijo de París. Puesto que la capacidad de la grabadora era limitada, hacía limpieza con regularidad para conservar únicamente los más valiosos. Los mensajes telefónicos son lo más privado que hay, pues contienen una dirección personal, y suelen pronunciarse los nombres del emisor y del destinatario. Yo guardaba esos mensajes, y su voz, que me interpelaba. Sin embargo, cuando quise volver a escucharlos como último recurso tras su marcha definitiva, habían desaparecido todos.

Debí de borrarlos en un momento dado, creyendo que… ¿creyendo qué?

«Me parecía que ya era una sombra amada lo que acababa de dejar perderse entre las sombras, y, solo ante el aparato, seguía repitiendo inútilmente: "Abuela, abuela", como Orfeo repite, cuando se queda solo, el nombre de la muerta.»

Para mirar a una persona es preciso encontrarse frente a ella. Pero la voz puede llamarnos por detrás o a una distancia tal que no distinguimos su origen.

En nuestros tímpanos están grabadas las voces de ciertas personas de las que habríamos preferido no separarnos jamás. A la manera de un epitafio o un tatuaje, están inscritas en nuestro cuerpo.

Grabar es la palabra correcta. Algunas voces no nos abandonan, forman parte de nosotros, al igual que ciertas miradas que nos atravesaron. No las conservamos en nuestra *memoria* sin más; las conservamos en el cuerpo, en el calor del cuerpo, aunque yo no sepa dónde exactamente.

Puede tratarse de una simple frase. Me acuerdo de una visita a la cueva de Lascaux en compañía del escultor japonés Isamu Wakabayashi y de varios conservadores de museos. Aquella noche, inevitablemente, las conversaciones giraron en torno al arte y el trabajo de unos y otros. En un momento determinado, Wakabayashi empezó una frase con un «Supongamos que me quedan diez años de trabajo por delante…». Al instante los presentes interrumpimos aquella frase, asombrados de aquella estimación tan poco realista por parte del escultor, que apenas si tenía sesenta años y gozaba de una salud perfecta. Creo que él, que tenía una marcada conciencia del tiempo, se refería a que debemos considerar que nuestro tiempo está contado.

Murió al cabo de cinco años, con sesenta y siete.

¿Retuve sus palabras en aquel preciso instante, o fue después de su muerte cuando aquella frase, oída muchos años antes, regresó del pasado para asentarse en mi cuerpo?

Dado que esa voz ya sólo está contenida en el retazo de una frase, ésta se reproduce en bucle: supongamos que me quedan diez años… supongamos que… La voz se asienta y me insta a suponer que me quedan diez años (o cinco años).

Si esa voz ha regresado desde el pasado, ¿existe, por tanto, una especie de base de datos en la que están documentadas todas las voces que hemos oído? ¿Y se puede buscar en ella, como quien busca una aguja en un pajar?

Cómo me gustaría visitar esa base de datos.

Por regla general, a menos que andemos buscando un efecto concreto, borramos sistemáticamente los *ruidos* y demás sonidos parásitos para obtener una buena grabación. Por eso nuestros oídos están alerta, febriles, al menor sonido que se infiltra en ellos.

Solamente la voz se hace oír, como aparecería la silueta de una persona, sin decorado ni fondo. Como un holograma, un fantasma.

El holograma hace su aparición.

¿Es una voz fantasma?

Sí y no.

Voces y fantasmas tienen en común que alteran la temporalidad. Los fantasmas no están tan *presentes* como las voces, pero, cuando se nos aparece un fantasma, no sabemos si somos nosotros mismos quienes nos vemos arrastrados hacia el pasado o si es el pasado el que nos persigue en el presente.

No podemos cambiar lo que sucede en una frase que contiene un *ya*. Pero existe un caso en el que ese *ya* se aparta del presente: en el momento en que se aparece un fantasma. O bien aquel que *ya* se ha ido es traído a la temporalidad del presente, o bien es ante nosotros, caminando de espaldas sin saber lo que tenemos detrás, ante quienes vuelven a aparecerse los rostros de las personas que han desaparecido. Como cuando un tren da marcha atrás y el paisaje también retrocede.

Los fantasmas son existencias que nos persiguen. Ésa es su principal cualidad.

Las idas y venidas de los fantasmas entre dos temporalidades, de las que ni ellos mismos saben si se trata de presente o pasado.

Las voces, en cambio, no vienen de otra parte. Permanecen en un lugar que podría recordar al Purgatorio, una especie de sala de espera, e irrumpen. Las voces no han de recorrer ningún trayecto: existen en presente, como tales.

Cuanto más escucho esa voz, más me embarga la alteración temporal. Permanece en presente, pero ese presente, que recoge momentos que pertenecieron a puntos diferentes del tiempo, no es el de los vivos, instante renovado sin cesar. El presente de esa voz es un presente amalgamado, un cúmulo desorganizado que, por naturaleza, sólo puede existir en desorden. Es un presente que no existe en el mundo real. Aun así, es en el mundo real donde escucho ahora esa voz que es un amasijo de presente solidificado.

Atravesado por la voz que él mismo emite, el aparato se pone a vibrar.

Cuando la escuchamos a través del ordenador, la máquina vibra y transmite una oscilación apenas perceptible a los dedos que percuten el teclado al mismo tiempo. ¿Es la voz directamente la que los toca?

En cuanto a la máquina, el ordenador cuya temperatura asciende imperceptiblemente, ¿es el aliento de esa voz lo que la recalienta?

Al igual que en una mañana fría, antes de los ensayos, calentamos el instrumento, las cuerdas vocales han de calentarse para emitir una voz. Pero en este caso preciso es la voz, cuya procedencia ha perdido todo calor, la que recalienta el aparato de radio.

Una vacilación en la voz.

¿A qué tiempo pertenecen los momentos de silencio en la grabación? ¿Nos remite ese silencio, esa brecha, a los angostos límites de nuestro presente al rechazar el lugar que le corresponde a la grabación en el pasado?

Hacia el final de un documental que recopila diversos testimonios, la voz de la locutora que dice: «No todas las grabaciones han podido retransmitirse».

Imagino esas voces grabadas y posteriormente desechadas. Sin haber hallado un oído que las escuche.

La voz grabada se conjuga en presente, mas se desarrolla en el plano de lo *consumado*.

Ya se ha realizado, pero eso no obsta para que permanezca en el *presente*. Lo consumado no es el pasado, razón por la que la voz se desarrolla en otra temporalidad. No se inscribe en la temporalidad lineal; afecta a una doble naturaleza temporal. En realidad, no hay incoherencia: lo consumado puede permanecer en el ámbito de la presencia.

Una imagen no engaña. Una imagen está sujeta a las leyes de nuestra temporalidad, o al menos la clasificamos en lo que consideramos *nuestra temporalidad*. Por lo tanto, la imagen nunca accede a esa doble naturaleza: ni las imágenes en movimiento ni las fotografías pueden salir del pasado. Se desgastan, pues no resisten el paso del tiempo y se dejan olvidar, clasificadas y fijadas como están en el pasado. A veces nos sorprendemos midiendo, ante la visión de una imagen que creíamos familiar, la distancia que nos separa de ella, a una velocidad pasmosa, más rápida aún que el olvido al que estamos predestinados.

Si pudiéramos grabar las conversaciones que hemos tenido por teléfono, ¿a qué temporalidad pertenecerían nuestras voces? El surgimiento de la voz se produce en el presente, pero, si se trata de la voz de una persona viva, ¿consideraremos que su grabación es parte de la temporalidad de los vivos?

A raíz del fallecimiento de Édouard Glissant, la emisora France Culture organizó una jornada de homenaje que escuché desde la mañana hasta la noche. Glissant joven y Glissant a la edad en que yo lo había conocido en las lecturas y conferencias a las que había asistido; oía aquella voz cambiar de tonalidad sin dejar de pertenecer a la misma persona. Como una sucesión de imágenes aceleradas, las emisiones trazaban la vida íntegra de la persona. Pero, a última hora de la tarde, con el último programa, una retransmisión de la última lectura de Glissant en el teatro del Odeón, poco antes de su muerte, me impresionó su timbre, muy diferente del de los demás períodos de su vida. Su voz decía: el cuerpo que me da cobijo pronto desaparecerá; quedaré grabado y me manifestaré tan a menudo como ustedes deseen oírme, pero yo anunciaré permanentemente la muerte de este ser. Cada vez dictaré la partida inminente e irreversible del poeta que soy.

Esa voz estaba inscrita en una doble temporalidad: la de la voz propiamente dicha y la del cuerpo, perecedero, que lo alojaba.

«Y, desde el otro lado del teléfono, de repente su pobre voz me llegó rota, lacerada, distinta de la que yo había conocido desde siempre, plagada de grietas y fisuras, y, mientras recogía a través del auricular sus sangrantes y quebrados añicos, experimenté por primera vez la atroz sensación de lo que en ella se había roto para siempre.»

«La voz nunca se topa con obstáculos para su emisión, a menos que una mano con ánimo de interrumpirla le cierre la boca.»

«Ningún ser inanimado, por tanto, emite voz.»

Ante la inminencia de la muerte, la voz está en cierto modo ataviada ya para el más allá. La voz previa a la muerte tiene algo que la distingue de todas las demás voces. No es tanto la falta de aliento o la lentitud, ni tampoco son las dificultades articulatorias lo que evidencia que estamos frente una voz a las puertas de la muerte. No son esos síntomas concretos e identificables, o no sólo, los que anuncian cruelmente que pronto esa voz ya no sonará más. Es la propia voz la que avisa de que no continuará, de que ha llegado a su fin, igual que una banda magnética, al terminarse, da señales de que se acerca el final mediante un chisporroteo o leves interrupciones. La voz afirma que llega al término del *presente* que se está creando.

Únicamente la voz de la persona al borde de la muerte, o la grabación de su voz, transmitirá al exiliado que la partida se ha producido de veras. Escuchará de nuevo esa voz muchas veces para resignarse a un fallecimiento al que no ha asistido, que no ha vivido.

Si bien la irrupción de la muerte es imprevisible para todos, para el exiliado lo es de una manera aún más dramática.

Al exiliado no se lo prepara para esto. La muerte de los seres queridos se precipita sobre ellos de buenas a primeras, igual que una muralla ante sus ojos.

El difunto, para el exiliado, tarda aún más en morir. La historia del tránsito al más allá que los demás le cuentan, su ausencia permanente, acaso la voz grabada en el umbral de la muerte, desmaterializan el cuerpo que estaba en el mundo y concretan el deceso.

Tras eso vendrá la muerte.

El poeta japonés Gōzō Yoshimasu tiene la manía de grabar cuanto lo rodea. Las voces de otros poetas, su propia voz, las lecturas que da, el rumor del viento, todo lo graba. Dispone así de una biblioteca entera llena de cintas y archivos MP3, pero sobre todo de cintas. A través de los chisporroteos reaparecen todos los sonidos, tanto los que ha oído como los que ha emitido.

Para escuchar dichas grabaciones haría falta tanto tiempo como él mismo pasó escuchándolas, es decir, una buena parte de su vida. La vida que avanza en paralelo. Una vida que avanza en el tiempo, impregnada de un presente compuesto de instantes relegados sin cesar al pasado, y otra que permanece siempre en los dominios del presente.

Sin duda es esa presencia de voces grabadas lo que confiere al poeta, a su cuerpo incluso, su particularísimo carácter. Participa de ese presente permanente ya en vida. Duplicando sus palabras sin tregua.

Naturalmente, cuando leemos un libro no vemos aparecer a quien lo ha escrito; lo que se manifiesta es el trabajo de la persona, no la persona en sí.

Pese a todo, hay libros que hacen surgir la voz de quien los ha escrito. Por mi parte, cada vez que leo un texto de Gōzō, lo que oigo es su voz; veo incluso su gesto de inclinar ligeramente la espalda, con la cabeza gacha, como si estuviera cavilando acerca de algo, mientras las manos pasan las páginas.

Así pues, en algunos casos excepcionales, el libro podría servir como aparato emisor de voces.

Más raro todavía, aunque puede ocurrir, es que el libro se convierta en aparato emisor de otras voces distintas a las de su autor. O, mejor dicho, que la voz se convierta en un aparato que da cuerpo a un texto. Entre la sucesión de escenas de la vida cotidiana que describe Atiq Rahimi en *La piedra de la paciencia*, hay un muchacho que canta la canción «Leili yan» mientras pasa en bicicleta bajo las ventanas de la chica de la que está enamorado, para que ella lo oiga. Cuando traduje esta novela al japonés, no conocía la canción.

Andando el tiempo, compré un disco de la cantante afgana Mahwash y me quedé impresionada: desde la primera sílaba supe que se trataba de aquella canción. Y recordé todo lo demás: el chico en bicicleta, la casa donde viven los protagonistas (al menos tal y como yo me la había representado durante el proceso de traducción), las polvorientas calles. La voz de Mahwash era la última pieza que faltaba para devolverle de pronto a aquel paisaje sus colores, sus olores, sus sensaciones. Sin duda debido a su radio de acción sensorial, la voz acarreaba otros elementos táctiles.

Por lo demás, cantidad de libros que nos rodean, que leemos, son obra de personas muertas.

«Es la historia de un duelo y de la pérdida. Las voces se pierden para siempre, pero no su búsqueda, que, aun quedando sin respuesta, da fe de una presencia activa y embriagadora, obstinada, seductora o deplorada.»

Existimos rodeados de las incontables voces interiores, en ocasiones capaces de surgir, como en Gōzō o en Rahimi, de quienes ya no están.

Se suele decir: fulanito ha muerto, pero sus libros, sus ideas, se quedarán con nosotros. No obstante, para quienes lo conocieron, es preciso darle la vuelta a la frase: sus libros se quedan, sus ideas permanecen con nosotros, pero él ya no está.

Porque esa voz grabada que deja de hallar su origen en el cuerpo ya sólo puede emitirse y nosotros sólo podemos prestarle oído. Ninguna otra relación es posible.

Se trata asimismo de escuchar.

El número de teléfono de mi abuelo forma parte de la lista de los que todavía recuerdo de memoria, a pesar de que, desde hace tiempo, los teléfonos móviles marcan los números solitos. Doce años después todavía soy capaz de recitarlo, de revivir los gestos de mis dedos al marcarlo. Eso sí, sin la voz vinculada al número, éste se ha convertido en algo abstracto. Al dejar de dar acceso a la persona, el número pasa a ser una mera serie de cifras. Sólo queda en ocasiones el impulso irresistible de marcarlo, con la oreja pegada al auricular.

La cuestión del *en su lugar*.

Algo me dice que tengo que escribir esta historia no porque me ataña, sino porque exige que reflexione.

Esta historia no me deja incólume.

Es una solicitud imperativa. Ella es la que dicta. En sentido único, a estas alturas.

Porque la voz grabada no puede escribirse. Sólo puede aparecerse. No está dotada ni de habitáculo ni de manos para escribir.

La voz, en sí, no transmite ningún mensaje más allá de sí misma.

Pero puede dictarme. La escucho. Escribo no lo que dice, sino lo que es.

Tras la muerte de Isamu Wakabayashi descubrí la violencia de las necrológicas. Éstas, al igual que las biografías, encierran la crueldad de presentar la fecha del fallecimiento. Se pone un punto final a la frase. A veces, la fecha del deceso se muestra casi instantáneamente en las páginas de internet tan pronto como se oficializa la noticia, como para relegar a las personas al mundo de los muertos cuanto antes. Como si fuera nefasto para nosotros, los vivos, dejar la descripción de la persona libre de la estampilla oficial de la muerte. La fecha se agrega a todos los datos disponibles sobre el fallecido, como si fuera el último añadido posible a su vida, a diferencia de la voz, que no conoce esa fecha.

En comparación con nuestros difuntos siempre rozamos el ridículo, cuando no lo grotesco. Ellos ya no pueden ni bromear, ni enfurecerse, ni hacer tonterías. Los muertos son seres total e íntegramente constituidos de esencia, algo que la vida no nos permite.

La voz existe, pero es el fin. La voz está en presente, pero nosotros estamos después del final.

Ya no se escriben frases nuevas, deja de ser posible la réplica.

Después del final es cuando nos damos cuenta de la presencia en la voz. Con una persona viva, el presente de la voz se integra en la presencia misma de la persona, que brilla en la vida.

Al desgajarse del cuerpo, al desgajarse de la vida de una persona, la voz revela su presencia ociosa.

El fin llega de un modo brutal pero duradero. Y nosotros pasamos de pronto de *antes del fin* a *después del fin*, aunque se precisa tiempo para reconocerlo. La presencia de este fin, su razón, y el cambio completo del mundo que ocasiona el fin.

Pero, entonces, cuando el fin se prolonga, ¿estamos en el *pre-post-fin*? En otras palabras, mientras el fin no está del todo consumado, ¿es incorrecto afirmar que estamos *en el fin*? ¿O bien será el fin una espesura que atravesamos igual que un túnel acolchado?

El fin existe.

¿Por qué resulta insoportable el fin? ¿Por qué los finales se consideran, por definición, un mal, y los hilos de la vida, por definición, están condenados a seguir su curso? Esta cuestión, paralela a la de la presencia-ausencia-desaparición, persiste intacta sin hallar respuesta.

Sin hallar una voz que responda.

Me encantaría creer en aquel aparato inventado a principios del siglo XX, capaz de retransmitir las voces de ultratumba, por más que sepa que la voz no existe en ningún otro lugar que no sean las grabaciones, y que quienes se han marchado carecen ya de una voz concreta y nunca más la tendrán.

«El fonógrafo sería, pues, una máquina elegíaca que, merced a su dispositivo, se asemejaría a la sesión espiritista para invocar las almas de los difuntos. Gracias a su capacidad de transmisión y conservación, es un significativo agente de extensión del *reino de los muertos*.»

Si decidiéramos vivir en todo momento con esa voz, con esa voz en concreto, escucharla sólo a ella, tenerla siempre resonando en nuestros tímpanos, ¿lograríamos olvidar la ausencia real del cuerpo que la acompañaba? ¿Comenzaría la voz a vivir una vida propia? ¿O, cuando menos, cambiarían de naturaleza esa ausencia y esa presencia? A fuerza de escucharla, formaría parte de mi cuerpo, acabaría habitando este cuerpo que es mío.

¿Podría entonces olvidar mi propia voz para recibir y encarnar otra, la que oigo todo el día en mis oídos?

La voz de los vivos no se mezcla con la de los muertos, aunque tanto unas como otras estén en presente. Quienes se han marchado, puesto que no tienen oídos, no pueden oír la voz de los vivos. La voz existe sola, únicamente para ser emitida y nada más.

¿Existe un presente concreto y un presente abstracto? Nos deslizamos con todo lo que nos rodea en un tiempo siempre inasible, mientras que esas voces emergen cada vez en el primer plano del presente.

Acaso esta diferencia de carácter entre los dos presentes sea lo que define la vida y la muerte.

Cuando yo también pase al más allá, ¿alcanzará mi voz por fin ese presente abstracto para mezclarse con la que escucho ahora, esa voz abandonada por su cuerpo?

¿Y todas las voces que no han quedado grabadas? ¿Permanecen todavía en el aire, convertidas en ondas evanescentes, aunque incapaces de alcanzar los oídos de los vivos?

En Afganistán, en Herāt, a menudo observé que en las conversaciones ordinarias se insertaban unos sonidos discretos: *megum*. Pronunciado con el acento del país, ese verbo, «decir» en primera persona del singular, *digo*, se suele colocar al comienzo de la frase. ¿A modo de talismán? ¿A modo de rúbrica? ¿Para que la voz, flotando en el aire, encuentre a la persona que quiera oírla y, a través de ella, se deje reconocer?

¿Dónde podemos reunirnos con ellas? ¿Dónde se mezclará nuestra voz con las que nunca quedaron grabadas?

Dos voces reconocibles entre todas las demás, que formaban parte de mí.

Una voz que de niña formaba parte de mí
y otra que me habitaba de joven.

¿Y las otras? Las voces de todos aquellos
seres queridos que me gustaría volver a
ver, volver a escuchar de veras, aunque
fuera en sueños, ¿dónde están?

La voz grabada aparece en el presente, pero ¿en qué temporalidad se inscribe la voz
que rememoramos? Cuando, resonando
en mis tímpanos, oigo las frases que mi
abuelo repetía sin cesar, ¿de qué tiempo
proceden? Dado que su cuerpo me ha

abandonado, su voz ya no me acompaña en la vida; no conoce a la persona en que me he convertido, diez años más vieja. Una parte de mi existencia, la que vive en el mundo del que yo estoy sustraída, le resultará inaccesible para siempre. ¿Dónde residirá el desfase entre nosotras, entre esa voz no grabada y yo? Para venir a buscarme, ¿acaso la voz no corre el riesgo de extraviarse por el camino?

¿O quizá esas voces permanecen allá donde se emitieron, en el aire? ¿Es ésa la razón por la que, en muchos rincones de la ciudad de Tokio, cada vez que atravieso un barrio que solíamos frecuentar juntos, donde pronunciábamos nuestros diálogos, creo oír su voz? ¿Está permitido al menos soñar esa voz?

No es la voz grabada lo que escucho a lo largo de todo el día, sino otra voz, de la misma persona, que también deseo.

La voz me toca.

Esa voz me acompañó por partida doble cuando su cuerpo vivía, en los tiempos en que esa voz estaba *presente* por partida doble.

A veces a mi vera, a veces retransmitida por la radio. La escuchaba muy cerca, desde lejos.

En antena, el fin duró largo rato.

Después de su marcha, retransmitieron lo que se había grabado. Después de su muerte. Eso no es una redifusión. Escuchamos por primera vez, pero sabiendo que las reservas pronto se agotarán.

La muerte en diferido.

Se emite ahora la última *difusión* y, al menos en antena, pertenece ya al pasado, si bien la voz como tal nunca estará en el pasado.

La voz de la misma persona, siempre en el presente de su vida, un tiempo distinto, desfila.

Ahora, también la voz abandonará ese territorio; la voz se aparta del aparato.

La voz se detiene.

Pulso el botón y la voz me acaricia de nuevo.

En ese presente de lo consumado.

Altero la temporalidad de mi vida.

En ese presente de lo consumado y mi presente, que se retrotrae a cada instante hacia el pasado.

Entretanto, la voz se repite. El *presente* de la persona, que he conocido y que no he conocido, hace su aparición ante mí. El presente de la persona, incluso de los tiempos en los que yo todavía no la conocía, también puede tocarme.

Conozco la época en que esa voz se emitió, que fue un *presente* para las dos. Oigo el presente de una voz que para mí pertenece asimismo al pasado. Esa voz ha abandonado mi voz emitida en aquella época, en el territorio del pasado, y permanece en su presente.

Y oigo también la voz de la persona en los tiempos en que aún no la conocía. Esa voz, más viva, más cálida, con más matices, preñada de dulzura, también me toca.

Si su voz se hubiera grabado en todas las etapas de su vida, en cierto modo yo habría podido conocerla a lo largo de toda su vida.

Puesto que nadie es capaz de conocer la vida de otra persona de principio a fin, en la vida real.

Me toca, aunque yo ya no pueda tocar a la persona.

La voz toca mi tímpano, y yo la toco con mis oídos.

Así me reúno con ella.

Tras la marcha de la persona, experimento ese reencuentro en el presente.

Me reencuentro con la persona en un período más extenso de lo que la conocí en la limitada temporalidad de nuestra vida.

Bajo a la calle. Las ondas que vibraban contra mis tímpanos siguen fluctuando, igual que seguimos tambaleándonos al pisar tierra firme tras bajarnos de un barco.

¿Oiré su voz de la infancia, en las callejuelas de la ciudad donde ella vivió?

Con el eco de las piedras y los estrechos muros a ambos lados.

Las ondas, convertidas ahora en fantasmas, se me aparecen. La presencia de la voz, al abandonarme, se me aparece de nuevo en forma espectral, incluso cuando en realidad no la escucho.

El grito alegre de un niño. Los piececitos corriendo sobre las losas.

En el intersticio entre la luz y las sombras, en ese barrio levantado sobre una pendiente.

No lo veo; solamente lo oigo.

Quiero oírlo. Quiero ir al lugar donde podré oírlo.

Al niño que no conocí.

La voz que no conocí, ni en la realidad ni en forma de grabación.

La risa que estalla como pompas en el aire de la madrugada.

El fantasma de la voz me acaricia.

En la ausencia, en la desaparición que da ritmo y cadencia al fantasma de las ondas.

La voz tiembla.

Susurra, incluso.

Permanecerá presente, se aparecerá incluso después de mi muerte, incluso después de la muerte de todos aquellos que la conocieron, semejante a una momia.

La voz siempre está en el presente. No conoce la muerte.

Mientras la voz exista.

La irrupción, parcial y cruel, de una persona que ya no está.

Este texto se escribió entre enero y junio de 2015, en París.

Las citas son de Proust, Aristóteles, Arlette Farge y Philippe Baudouin.

La autora da las gracias a Justine Landau por sus consejos, siempre valiosos.

La traducción del fragmento de *La parte de Guermantes*, de Marcel Proust, es de Mauro Armiño y está tomada de la edición de Valdemar de 2002. La de su correspondencia es mía.

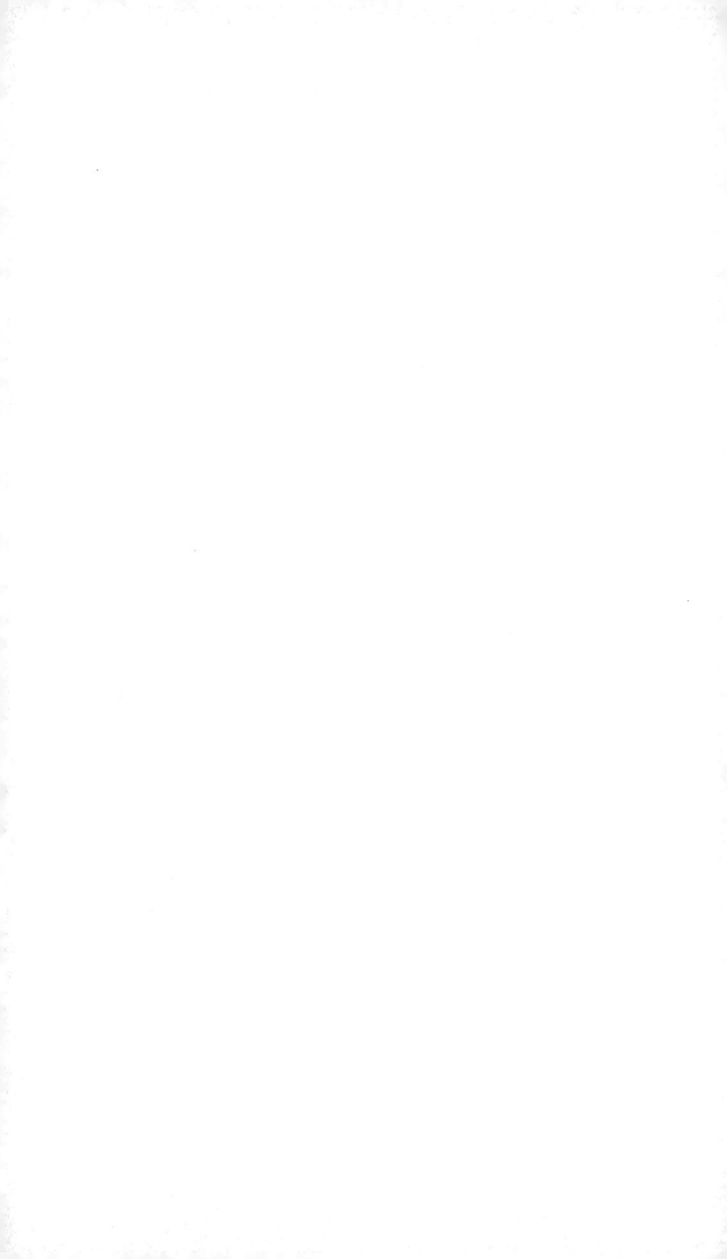

OTROS TÍTULOS DE ESTA COLECCIÓN:

Paul Gadenne
BALLENA

La aparición de una ballena blanca varada en la orilla se convierte en el mayor acontecimiento de un pequeño pueblo costero, primero como un rumor impreciso, hasta que Pierre y Odile, la pareja protagonista, deciden caminar hasta la playa para desentrañar su enigma. Con su aire de fábula clásica y su estilo inspirado, preciso y ágil para cambiar de perspectiva, *Ballena* condensa en pocas páginas una ambiciosa teoría del conocimiento cuyos puntales recorren el pensamiento del siglo XX: Husserl, Heidegger, Sartre… La verdad, cualquier verdad a la que pretendamos acceder, se convertirá en un ejercicio de desocultamiento. Un estado de excepción que pone en suspenso nuestra vida cotidiana. Publicada originalmente en 1949 por Albert Camus en la prestigiosa revista *Empédocle*, *Ballena* es la obra maestra de Paul Gadenne, un autor recientemente recuperado en las letras francesas por su personalísima escritura, a la vez leve y condensada, profundamente universal.

Jean Grenier
SOBRE LA MUERTE DE UN PERRO

Tras la muerte de su querido perro Taïaut, el filósofo
Jean Grenier consagró al animal que durante años con-
viviera con él este visionario y bellísimo tratado de corte
intimista y caprichoso, «entrecortado y jadeante como
los latidos del corazón», con el propósito de «brindar
una segunda vida» a aquel ser concreto, con su pecu-
liar carácter, su irreductible libertad y su compañeris-
mo. Escribirlo era una forma de superar el duelo; pero, también, una oportunidad para pensarnos más allá
del humanismo. Con un comedido estilo aforístico impregnado de poesía, los noventa textos breves que com-
ponen esta hermosísima elegía constituyen una senti-
da cavilación sobre el dolor de la muerte, la alegría de
estar vivos, la gratuidad del amor y la belleza comple-
ja de la naturaleza (esos pocos temas atemporales) desde un sentido más amplio: la familiaridad entre nosotros, los animales.